W9-CLG-343

Le secret de Micha

Valérie Zenatti

Le secret de Micha

Illustrations d'Alan Mets

l'école des loisirs

11, rue de Sèvres, Paris 6e

Loi n° 49.956 du 16 juillet 1949 sur les publications
destinées à la jeunesse : mars 2002
Dépôt légal : mai 2005
Imprimé en France par CCIF à Saint-Germain du Puy

Pour Oscar et Liel, tendrement.
Pour Anny et Jean-Jacques,
bien sûr !

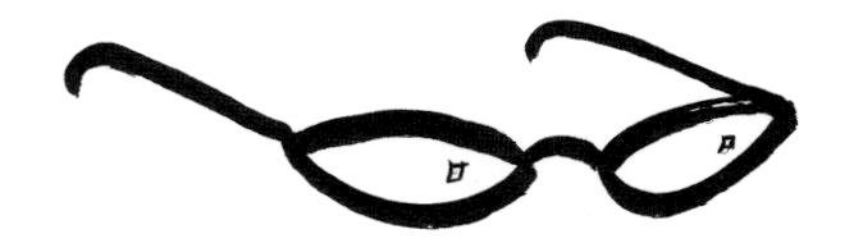

Chapitre I

Mademoiselle Milena est une maîtresse comme on n'en fait plus. C'est pas moi qui le dis, c'est Maman. Je n'ai aucune idée de la façon dont on fabrique les maîtresses (avec quels ingrédients ? les laisse-t-on « reposer » comme la pâte à pain, pour qu'elle lève, avant de la faire cuire ?) mais je sais que Mademoiselle Milena est différente des autres.

D'abord, elle tient à ce qu'on l'appelle «mademoiselle», et qu'on lui dise «vous». Les élèves des autres classes se moquent souvent de nous à cause de ça. Eux ne disent jamais «mademoiselle» à leur maîtresse mais Ghislaine, Véronique, Paloma, Judith, Barbara, et ils la tutoient, bien sûr. Ils nous ont traités de «vieux», un jour, et le plus méchant de toute l'école, Gontran, nous a même dit qu'on ressemblait à une brocante, tellement on était dépassés et pas modernes.

Papa pense que c'est normal que Gontran soit méchant, avec

un prénom pareil. Selon lui, lorsqu'on porte un prénom vraiment ridicule, on en veut normalement à ses parents, et très injustement à la terre entière. Son explication m'a plu. D'autant plus que le nom de famille de Gontran est Bediveau, et pendant longtemps tout le monde l'a appelé « Petit veau ». Maintenant, plus personne n'ose, parce qu'il est en CM2, et que c'est le plus grand de sa classe. Mais lui est resté méchant.

Et à cause de lui, notre CM1 B est définitivement devenu « la brocante », pour tous les enfants de l'école.

C'est vrai que notre classe ressemble aux classes que l'on voit dans les très vieux films en noir et blanc.

C'est vrai que Mademoiselle Milena porte de grandes lunettes, des jupes longues, des chemises à pois toute l'année (il n'y a que la couleur qui change), et que personne ne l'a jamais vue sans son gros chignon brun.

C'est vrai qu'elle punit sévèrement ceux qui mettent leurs doigts dans le nez, bavardent, copient, font des grimaces ou entrent en classe en traînant les pieds.

C'est vrai qu'elle peut nous faire réécrire dix fois la même dictée, même s'il n'y a aucune faute, simplement parce que l'écriture n'est pas appliquée.

Mais elle nous apprend plein de choses que les autres ne sauront peut-être jamais.

Eux, en musique, ils jouent *Gentil coquelicot* à la flûte. Nous, on a travaillé sur la *Neuvième symphonie* d'Anton Bruckner. Si, si, la *Neuvième symphonie* d'Anton Bruckner ! J'ai dû le répéter dix fois à mes parents, et lorsqu'ils ont compris que je savais de quoi je parlais, ils se sont évanouis.

Elle est très belle, cette symphonie. Je ne vois pas pourquoi elle devrait être interdite aux moins de dix-huit ans, ce qui semble avoir été le cas jusqu'à présent. Même Simonin, le dernier de la classe, a adoré les « Boum ! Boum ! Boum ! » du deuxième mouvement. Mademoiselle Milena lui a dit que c'étaient des percussions et il a décidé de devenir percussionniste, pour pouvoir faire « Boum ! Boum ! Boum ! » dans un orchestre toute sa vie, en étant payé, en plus.

C'était vraiment extraordinaire, ce cours : chacun a choisi un passage qui lui plaisait particulièrement puis a dessiné les couleurs et les formes que lui inspirait la musique. Ensuite, on a dû imaginer l'histoire que la symphonie racontait. Je crois qu'aucune classe n'a jamais eu d'aussi bonnes notes. (Simonin a eu 16/20, c'est dire !)

Et, surtout, personne n'avait l'impression d'être à l'école.

Personnellement, je trouve que Mademoiselle Milena est vraiment très jolie. Elle a de très beaux yeux bleus, elle est toute mince, et en plus, elle sent toujours bon. Elle me rappelle ma tata Christina. C'est bien connu que les tatas, comme les mamans, ne sont jamais vieilles. Ni moches.

J'aime tellement Mademoiselle Milena qu'avec ma copine Sarah on a décidé de lui faire un beau cahier, avec des poèmes, des fleurs séchées, et des dessins, qu'on lui donnera à la fin de l'année.

Mais quelle mouche a bien pu piquer Mademoiselle Milena pour qu'elle soit si différente depuis ce matin ?

Chapitre II

Ce matin, donc, la directrice est entrée dans notre classe en tenant un garçon par la main. Un très beau garçon. Brun, avec une casquette rouge et un air fâché. Elle nous a dit :

– Les enfants, je vous présente Micha, votre nouveau camarade. Il vient d'emménager à Nice. Je compte sur vous pour

l'accueillir et l'intégrer à votre groupe comme il se doit.

Elle s'est tournée vers la maîtresse et lui a lancé un drôle de regard. Mademoiselle Milena a rougi, puis a caressé la tête du nouveau (enfin, sa casquette plutôt), et ça n'a pas du tout eu l'air de lui plaire.

J'ai pensé que personne ne semblait être comme d'habitude, mais je n'ai pas réussi à comprendre pourquoi. J'ai sursauté lorsque Mademoiselle Milena s'est adressée à Sarah et à moi :

– Sarah, Natacha, je suis désolée de vous séparer mais je voudrais que Micha soit assis au premier rang. Laquelle d'entre vous se dévoue pour changer de place ?

Je suis devenue toute rouge et Sarah a pâli : à chacun sa couleur sur terre, lorsqu'il se sent mal.

J'ai regardé autour de moi mais je connaissais déjà la réponse : la seule place libre était au quatrième rang, près d'Antonin, qui essaie tout le temps de copier sur ses voisins. C'est pour ça qu'il est tout seul. Je ne suis pas raciste, mais j'aime pas les copieurs. Pour moi, ce sont des voleurs. Des voleurs de mots et de chiffres qui ne leur appartiennent pas.

Pourquoi Mademoiselle Milena nous faisait ça, à nous, les deux meilleures élèves de la classe, au lieu d'ajouter une autre table au bout d'une rangée ?

J'ai baissé la tête et Sarah a fait de même. Mademoiselle Milena s'est impatientée :

– Allons, ce n'est pas une décision si difficile à prendre ! Ce n'est pas parce que vous ne serez plus assises ensemble que votre amitié en sera brisée !

Je lui en ai beaucoup voulu d'utiliser ce ton, celui que les adultes emploient toujours pour dire « Enfin, c'est pas grave ! C'est pas important ! On n'en meurt pas ! »

Eh bien si, justement, c'était grave. Je n'avais pas envie d'être séparée de Sarah, pas envie d'être au quatrième rang, et encore moins envie de m'asseoir près d'Antonin, voilà !

C'est là que Sarah a été grandiose.

Elle a rassemblé ses affaires, s'est levée, et a dit d'une voix très sûre :

– J'y vais, mademoiselle. Je suis plus grande que Natacha, je verrai mieux le tableau de loin.

Mademoiselle Milena a eu l'air soulagé et a félicité Sarah pour son « sens des réalités ». Elle s'est ensuite tournée vers le nouveau, qui regardait le plafond comme si des fleurs y avaient poussé soudain, et lui a dit tout doucement :

– Micha, tu peux prendre

place près de Natacha. Nous allons faire connaissance, puis nous commencerons les cours.

Micha s'est avancé en traînant des pieds, s'est laissé tomber lourdement sur sa chaise et s'est affalé à moitié sur la table.

Nous retenions tous notre souffle, persuadés que Mademoiselle Milena allait se mettre en colère, et lui expliquer que « se tenir droit et avoir des gestes calmes, ça fait partie de la politesse que l'on se doit et que l'on doit aux autres ».

Mais elle a simplement dit,

toujours avec une incroyable douceur :

– Tu peux enlever ta casquette, Micha.

Il a grommelé, sans même lever les yeux :

– Pas envie.

Et alors là, le plus incroyable, c'est qu'il ne s'est rien passé. Même pas une petite phrase un peu sèche, qu'aurait prononcée n'importe quelle autre maîtresse, sur les casquettes qu'on enlève lorsqu'on est en classe, et c'est comme ça, point final. Non. Elle a juste répété :

– Nous allons tous faire connaissance et puis…

Elle n'était pas du tout dans son assiette, et c'était à cause du nouveau.

Pourquoi ? Était-il le fils du président de la République, et n'osait-elle pas le gronder, de peur d'être mise en prison ?

Mais je sais que Mademoiselle Milena aurait insisté fermement, y compris devant le fils du président de la République, pour qu'il enlève sa casquette et se tienne bien droit.

Mais alors, qui est Micha ? Et quel est son secret ?

CHAPITRE III

À la récré, nous avons fait cercle autour de Micha, parce qu'il n'y a rien de plus intéressant à l'école qu'un nouveau qui débarque en plein milieu d'année. C'est comme un mystère qu'il faut percer, chacun se demande s'il est gentil, méchant, s'il connaît plein de blagues rigolotes, s'il a des jouets merveilleux et inconnus chez lui, et, surtout, chacun veut être son ami, au début. Au bout de quelques semaines, ce n'est plus un nouveau, et il devient un enfant comme un autre.

C'est Simonin, le plus curieux de toute la classe, qui a posé la première question :

– Alors, tu viens d'arriver à Nice ! T'es d'où ?

– De Paris. Paris, c'est beau. Nice, c'est moche.

Nous étions tous stupéfaits. D'habitude, les Parisiens, grands ou petits, disent que nous avons de la chance de vivre dans une si jolie ville, près de la mer, et d'avoir du soleil, le carnaval et les batailles de fleurs. Je ne suis jamais allée à Paris mais d'après ce que j'ai compris il y fait froid tout le temps, les gens ont mauvaise mine et il n'y a pas la mer. Ils ont la Seine, juste pour faire joli parce qu'ils n'ont pas le droit de se baigner dedans : elle est pleine de microbes horribles et de maladies dégoûtantes. Beurk !

La seule qui ne s'est pas démontée, c'est Sarah :

– Comment peux-tu dire que Nice est moche ? Je suis sûre que tu ne t'es même pas promené dans les vieux quartiers, au Château ou sur la Promenade des Anglais !

Micha l'a regardée méchamment et a répondu en grognant comme un gros putois :

– Gnan, gnan, gnan, gnan, gnan, gnan ! Tu parles comme une grande personne ! C'est nul. Vous êtes tous nuls, cette école est nulle et cette ville est nulle et j'ai pas envie de vous parler !

Léonard, qui est pourtant très silencieux d'habitude, est devenu tout rouge et il a dit en bégayant un peu :

– Tutututu es bête ! Et tu es méméméméméchant ! On a la plus

chouchouchouette école du monde et toi, t'as même pas envie d'essayer d'être cocococopain avec nous !

– Oui, ai-je poursuivi, encouragée par son indignation, Léonard a raison ! En plus, Mademoiselle Milena est la meilleure maîtresse que t'auras jamais dans ta vie, mais tu ne t'en apercevras même pas parce que, si tu continues à te conduire comme tu le fais, elle te punira tout le temps !

Antonin a pris la parole avec sa voix de chef :

– Allez, on le laisse tomber ! Et quand il aura envie de nous parler, on lui dira que ça sonne occupé.

Mais Simonin ne l'a pas entendu de cette oreille. Et Stéphane non plus. Et Alexandre non plus. Ils se sont approchés de Micha et ont prononcé une phrase que je déteste, parce que je la trouve idiote et misogyne (un misogyne, d'après Maman, c'est un garçon, ou même un homme, qui pense que les filles ne sont bonnes qu'à jouer à la poupée et qu'aucune fille ne pourra jamais être pilote ou boxeuse. Bien entendu, c'est faux depuis très longtemps, seulement ils ne sont pas au courant). Bref, les garçons lui ont dit :

– Viens nous voir de plus près, si t'es un mec !

Micha a retroussé ses manches et ils se sont battus. Oh, juste un tout petit peu, parce que Mademoiselle Milena surveillait la

récré et elle s'est tout de suite précipitée pour séparer les combattants.

Elle a regardé Simonin, Stéphane et Alexandre de son regard des très mauvais jours :

– Vous serez punis, les garçons. C'est inacceptable de se battre, *a fortiori* à trois contre un, et *a fortiori* avec un nouveau camarade !

Elle avait répété *a fortiori*. D'habitude, elle traque les répétitions comme si c'était une armée de moustiques qui avait soudain envahi l'école. Là, on aurait pu confondre le passé simple et le conditionnel, elle n'aurait pas remarqué. Elle a caressé la casquette de Micha (ça devenait une manie) et a murmuré :

– Pauvre petit...

Une fois de plus, Sarah s'est distinguée par son courage :

– Mademoiselle Milena, je suis désolée de vous contredire mais Micha nous a agressés. Avec des paroles, certes, que je ne répéterai pas parce que je ne suis pas une rapporteuse, mais c'était très désagréable pour nous tous.

– Je ne veux rien entendre, a répondu la maîtresse. Vous êtes suffisamment intelligents pour comprendre que c'est très difficile d'arriver dans une nouvelle ville, et dans une nouvelle classe, en plein milieu d'année. Vous *devez* comprendre Micha.

La cloche a sonné. On s'est tous mis en rang pour monter en classe avec une grosse boule dans le ventre. Je crois que ça s'appelle un sentiment d'injustice.

Mademoiselle Milena nous a lu un passage de la Bible avec un certain Joseph vendu par ses frères à des marchands d'esclaves. Manifestement ils étaient très jaloux de lui, mais de là à le vendre ! Comme toujours, c'était une histoire passionnante, tout le monde adore les moments de lecture. On s'assied sur des coussins, et certains ferment les yeux pour être complètement dans leurs rêves. (Un jour, Antonin s'est vraiment endormi et il s'est mis à ronfler. Tout le monde a éclaté de rire, sauf Mademoiselle Milena, qui n'était pas du tout contente qu'on rie au milieu d'un poème de Victor Hugo sur la mort de sa fille.)

Mais aujourd'hui, personne n'avait le cœur à rire, personne n'avait le cœur à rien.

Un inconnu avait débarqué pour tout gâcher, il avait changé notre maîtresse, et on n'était pas prêts de lui pardonner.

Chapitre IV

Le mardi suivant, Sarah m'a téléphoné, juste avant que j'aille me coucher :

– Tu peux venir chez moi demain ? a-t-elle demandé d'une voix pressante.

– Évidemment. On se voit souvent le mercredi, tu sais.

– Oui mais ce n'est pas pareil. Ce n'est ni pour jouer ni pour goûter.

– Tu veux me battre et m'affamer, pour changer? lui ai-je demandé, à la fois inquiète et moqueuse.

– Ne fais pas l'idiote. C'est très sérieux. Très grave.

Elle a hésité un peu puis a ajouté :

– C'est au sujet de Micha.

– Mais on s'en fiche de Micha ! Il est bête, méchant, mal élevé et il nous déteste ! Souviens-toi : tu as dit qu'on devait faire comme s'il n'existait pas !

– J'ai dit ça hier. Aujourd'hui, ce n'est plus pareil, mais je n'ai pas envie d'en parler au téléphone. Tu viens demain, oui ou non ?

– Je serai chez toi vers 3 heures, juste après le karaté.

– OK. Bonne nuit.

J'ai eu du mal à m'endormir. Qu'est-ce que Sarah avait à me raconter sur Micha ? Pourquoi c'était « très sérieux » et « très grave » ?

J'ai regardé les étoiles et la lune phosphorescentes collées au plafond, comme si la réponse s'y trouvait.

Elle s'y trouvait : Sarah était sûrement tombée amoureuse de

Micha ! Ma cousine Margaux, qui a seize ans, m'a un peu expliqué ce qu'était l'amour pendant les vacances. Elle m'a dit qu'on ne choisit pas les gens dont on tombe amoureux. Parfois, on aime quelqu'un de très différent de soi.

Elle par exemple, qui est très jolie et adore le rock, est tombée amoureuse d'un garçon de sa classe qui porte des lunettes et joue du violoncelle.

– Pourquoi ?

– Parce que, m'a-t-elle répondu, avec beaucoup d'assurance. Je l'aime, et c'est comme ça.

*
* *

Au karaté, j'ai eu du mal à me concentrer. Pourtant, c'est un sport que j'aime. Ou plutôt, que j'ai appris à aimer. C'est Maman qui m'a proposé de choisir un sport cette année.

– Ça te donnera de la souplesse et de l'assurance, a-t-elle dit.

Je ne suis pas bête : elle voulait dire « ça te dégourdira », mais elle n'a pas osé. Mes parents pensent que je passe trop de temps sur mes devoirs et dans les livres. Ils disent qu'il faut équilibrer sa tête et son corps. J'ai répondu que je voulais bien essayer le karaté. Ça m'amusait de ne pas opter pour un « sport de fille ».

Ça les a scotchés, mais ils ont accepté. Régulièrement, la nuit, je rêve que je suis ceinture noire.

Mais aujourd'hui, j'ai hâte que le cours se termine. Hâte d'aller chez Sarah, et de savoir enfin si la lune et les étoiles phosphorescentes ne m'ont pas menti.

*
* *

Elle me laisse à peine le temps d'enlever mon blouson, installe sa petite sœur devant une cassette des Razmokets et m'entraîne dans sa chambre.

– Ouf! dit-elle en tombant sur son lit, elle me tue, cette petite!

Sarah garde sa sœur tous les mercredis après-midi, leur mère ne travaille pas loin et peut venir très vite s'il y a un problème. Lorsque qu'elle parle comme ça, c'est-à-dire comme une grande personne, j'ai l'impression qu'elle est beaucoup plus vieille que moi.

Mais ce n'était pas le jour pour réfléchir à la différence entre Sarah et moi.

– Alors, Micha ? ai-je demandé impatiemment.

Elle a pris une mine très grave.

– Je sais tout. Je sais pourquoi il est odieux, et pourquoi Mademoiselle Milena est si tolérante avec lui.

– Alors dis-le ! Pourquoi ?!?!

Elle m'a répondu par une autre question :

– N'as-tu pas remarqué que c'est toujours son papa qui vient le chercher, à 4 heures 1/2 ?

– Non… enfin, peut-être. Je ne vois pas trop le rapport…

– Justement. Son papa a discuté avec le mien. Et il lui a dit

que la maman de Micha était très, très malade. Elle va peut-être mourir, on ne sait pas encore. Ils sont venus à Nice parce qu'à l'hôpital Saint-Roch il y a un grand docteur qui pourra peut-être la sauver.

Elle s'est tue.

Moi aussi.

J'ai regardé la mer par la fenêtre. Je la trouve très belle en hiver.

En été, elle semble ridiculement petite : on ne voit pas les galets de la plage, il y a trop de monde, trop de serviettes, de parasols. Ça l'étouffe.

Ce jour-là, la mer était grande comme ma tristesse.

Je me suis tournée vers Sarah :

– Et si on descendait sur la plage expliquer à ta petite sœur comment faire des ricochets dans l'eau ?

Elle est drôlement douée, Coraline. Elle a tout de suite compris le mouvement du poignet pour réussir les plus beaux ricochets du monde. Pendant qu'elle s'entraînait toute seule, Sarah et moi avons imaginé un plan.

Un plan pour retrouver notre vraie Mademoiselle Milena.

Et un plan pour aider Micha, bien sûr.

CHAPITRE V

Le lendemain, la chaise de Micha était vide et Mademoiselle Milena a permis à Sarah de s'asseoir près de moi. Pendant l'appel, je lui ai écrit :

J'ai peur que la maman de Micha soit morte avant qu'on ait pu faire quelque chose.

Elle a hoché la tête pour dire qu'elle aussi avait peur.

Elle a pris ma main sous la table et l'a serrée très fort. J'ai compris qu'il ne fallait pas qu'on recule.

Mademoiselle Milena a pris la parole :

– Je vous avais demandé de préparer pour aujourd'hui un petit sketch sur la vie des animaux de la forêt. Qui a envie de commencer ?

Sarah et moi avons levé le doigt.

– Eh bien, l'estrade est à vous, Mesdemoiselles.

D'habitude, lorsque je dois

parler devant tout le monde, mon cœur bat rapidement et je transpire un peu. Là, j'avais déjà quelques gouttes sur le front et un tambour dans la poitrine. Il me semblait qu'il résonnait dans toute la classe.

Sarah a fait une petite révérence et a dit :

– Bonjour, je suis le papa loup. On m'appelle Monloulou.

– Et moi, je suis sa femme, Petiteloupe. Nous avons un nouvel ami, Loupiot. Nous allons vous raconter notre vie.

MONLOULOU : Depuis que Loupiot est dans notre forêt, tout va de travers.

PETITELOUPE : C'est faux, rien n'a changé !

MONLOULOU : Tu ne vois pas la réalité, même avec tes grandes lunettes ! Avant par exemple, on chantait tout le temps.

PETITELOUPE : Mais tu sais bien qu'on ne peut plus ! Loupiot a mal aux oreilles !

MONLOULOU : Avant, on dansait tous les jours. Le lundi, la polka, le mardi, la valse, le mercredi, le rock...

PETITELOUPE : Mais Loupiot a mal aux pieds, il ne peut pas danser !

MONLOULOU : Et puis tu racontais de belles histoires, et tout le monde t'écoutait. À présent, Loupiot te coupe la parole, et toi, tu ne te fâches même pas !

PETITELOUPE : Mais Monloulou, tu sais bien que la maman de Loupiot est très, très malade !

MONLOULOU : Ce n'est pas une raison pour accepter qu'il soit désagréable. Au lieu d'être tous tristes avec lui, on pourrait faire en sorte qu'il soit heureux avec nous, non ? Et ça le rendrait plus fort, peut-être, pour aider sa maman à guérir…

PETITELOUPE *(songeuse)*: Ce que tu dis me semble raisonnable… Je vais y réfléchir.

Nous avons salué et sommes retournées à nos places. Certains copains nous ont applaudies. D'autres avaient l'air de se poser des questions.

Mademoiselle Milena nous a regardées fixement puis elle a hoché la tête, le regard perdu dans le vide.

Sarah m'a chuchoté :

– Elle a compris.

Je lui ai chuchoté en retour :

– Certainement. Mais comment va-t-elle réagir ?

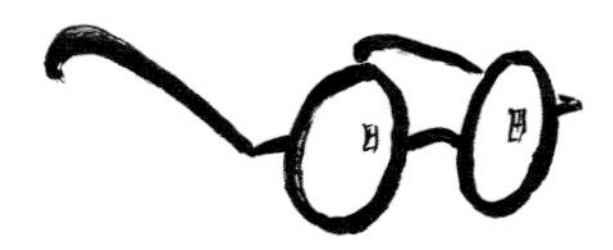

ÉPILOGUE

Micha a été absent pendant plusieurs jours. Nous avons commencé à travailler sur un peintre qui s'appelle Chagall. Nous irons bientôt visiter le musée où sont exposés ses tableaux, à Cimiez, le plus beau quartier de la ville. Je suis sûre que Chagall regrettait de ne pas être un oiseau. Il dessine souvent des gens qui s'envolent.

Moi aussi, je me sentais légère : tout était comme avant.

Et puis Micha est revenu.

Mademoiselle Milena a demandé à la directrice de s'occuper de nous quelques instants. Elle a pris Micha par la main. Ils sont sortis.

Sarah m'a fait un clin d'œil et une petite voix à l'intérieur de moi m'a soufflé : vas-y !

La petite voix s'appelle la curiosité, et parfois, elle est plus forte que tout.

J'ai levé le doigt pour demander à la directrice si je pouvais aller aux toilettes. Elle m'a souri :

– Bien sûr, Natacha !

Dans le couloir, j'ai vu Mademoiselle Milena et Micha tourner à droite, vers la salle des maîtres. Je les ai suivis, le cœur battant.

La porte n'était pas complètement fermée. Je me suis collée contre le mur et j'ai entendu :

– Micha, je crois que j'ai fait une erreur, et je te dois des excuses.

Il n'a rien dit, et Mademoiselle Milena a poursuivi :

– Lorsque tu es arrivé ici, ton père m'a dit que ta maman était très malade, que sa vie était en danger. J'ai eu pitié de toi, et j'ai pensé qu'il fallait te laisser tranquille. Je me suis trompée. Tes camarades n'ont pas compris mon changement d'attitude, ils m'en ont voulu de ne plus être la même et surtout…

Elle a soupiré.

– Surtout, ça t'a coupé des autres, de tout. Tu as du chagrin, tu as peur, et c'est normal. Mais ici, à l'école, tu peux avoir une autre vie qui te rendra plus fort, si tu te sens bien parmi nous. Tu dois accepter d'être Micha, un élève de CM1, et ne pas être uniquement le petit garçon d'une maman malade.

J'en avais assez entendu et j'avais peur d'être découverte. J'ai filé en classe.

À leur retour, Mademoiselle Milena a dit à Sarah de reprendre son ancienne place, et Micha est allé s'asseoir près d'Antonin.

Il a enlevé sa casquette. Il se tenait bien droit et a levé le doigt en premier pour réciter le futur du verbe « sourire ».

À la récré, il est allé vers Alexandre, Stéphane et Simonin. Ils se sont mis à jouer ensemble à chat glacé.

Mademoiselle Milena surveillait la récré. Elle nous a fait signe de venir vers elle.

Je m'attendais à un grand discours, à des questions, mais elle a simplement dit :

– Merci, les filles.

Et elle nous a embrassées. C'était la première fois.

*
* *

À la fin de l'année, Micha nous a annoncé que sa maman était guérie.

Nous avons fait une grande fête sur la plage, avec toute la classe et les parents. Micha s'est amusé comme un fou dans l'eau.

Il n'a pas dit :

– Je suis heureux, et Nice est une ville géniale !

Mais il l'a pensé très fort.

Du même auteur à *l'école des loisirs*

Dans la collection Mouche

Fais pas le clown, Papa !
Jonas, poulet libre
Une montre pour grandir

Dans la collection Neuf

Une addition, des complications
Demain la révolution
Koloïshmielnik s'en va-t'en guerre